ओमकार घाग

12 अक्टूबर, 2001 में जन्मे ओमकार घाग मास मीडिया एंड कम्युनिकेशन में स्नातक हैं। वे फिलहाल अकादमी ऑफ थियेटर आर्ट्स, मुम्बई विश्वविद्यालय में मास्टर ऑफ थियेटर आर्ट्स के दूसरे वर्ष के छात्र हैं।

किशोरावस्था से ही नाटकों में दिलचस्पी रखने वाले घाग अभिनय और निर्देशन, दोनों करते हैं। वह अभिजीत खाड़े, मिलिन्द इनामदार, अभिजीत झुंजारराव, हृषीकेश कोली, अनिकेत पटेल और हेमन्त जांगली जैसे प्रतिष्ठित नाट्य-निर्देशकों के साथ काम कर चुके हैं।

'बागड़बिल्ला' उनका पहला नाटक है। इससे पहले वह कई एकांकी लिख चुके हैं और कुछ लघु फिल्मों का लेखन-निर्देशन किया है।

सम्पर्क : omkardhag@gmail.com

बागड़बिल्ला

ओमकार घाग

राजकमल पेपरबैक्स

राजकमल पेपरबैक्स में
पहला संस्करण : 2023

राजकमल पेपरबैक्स : उत्कृष्ट साहित्य के जनसुलभ संस्करण

राजकमल प्रकाशन प्रा. लि.
1-बी, नेताजी सुभाष मार्ग, दरियागंज
नई दिल्ली–110 002
द्वारा प्रकाशित

शाखाएँ : अशोक राजपथ, साइंस कॉलेज के सामने, पटना-800 006
पहली मंजिल, दरबारी बिल्डिंग, महात्मा गांधी मार्ग, प्रयागराज-211 001
1, अनमोल सोराबजी संतुक लेन, धोबी तलाव, मरीन लाइंस, मुम्बई-400 002
वेबसाइट : www.rajkamalprakashan.com
ई-मेल : info@rajkamalprakashan.com

विकास कम्प्यूटर एंड प्रिंटर्स
ट्रॉनिका सिटी-201 102
द्वारा मुद्रित

मूल्य : ₹199

BAAGADBILLA
Play by Omkar Ghag

ISBN : 978-81-966726-5-2

प्रकाशकीय

नई रचनाशीलता को प्रोत्साहित करना और उसे पाठकों का बड़ा मंच उपलब्ध कराना राजकमल प्रकाशन समूह के प्राथमिक उद्देश्यों में रहा है जिनका निर्वाह हमने अपना दायित्व मानकर किया है।

'एक अधपका-सा नाटक', 'बागड़बिल्ला' और 'इमरोज़' शीर्षक तीन नाटकों का प्रकाशन इसी दिशा में उठाया गया एक अभिनव कदम है। इन तीनों नाटकों का चयन रंग-समूह 'संहिता मंच' की वार्षिक नाट्य-प्रतियोगिता के दौरान किया गया है जिसका उद्देश्य हिन्दी व अन्य भाषाओं के मौलिक नाट्य-लेखन को सामने लाना है। ऐसे समय जब विभिन्न मीडिया माध्यमों के आने के परिणामस्वरूप रंगमंच और नाटकों के अस्तित्व पर खतरा बताया जा रहा है, यह जानकर खुशी हुई कि इस प्रतियोगिता में डेढ़ सौ से ज़्यादा नए नाटक आए।

इन्हीं नाटकों में से लेखन-शैली, सामाजिक सरोकारों

और नाटकों की मंचीयता को ध्यान में रखते हुए तीन नाटकों का चयन प्रबुद्ध निर्णायक-मंडल ने किया।

जैसाकि पाठक जानते हैं, राजकमल प्रकाशन साहित्य की सभी विधाओं को बराबर सम्मान देते हुए हर विधा की पुस्तकों को प्रकाशित करता रहा है। प्रतिष्ठित नाटककारों के साथ हम नए नाटककारों को भी अपने सूचीपत्र में शामिल करते रहे हैं।

'संहिता मंच' द्वारा चयनित नए नाटककारों के इन नाटकों को प्रकाशित करने के निर्णय के पीछे हमारा उद्देश्य न सिर्फ़ रंगमंच के क्षेत्र में नई रचनाशीलता को रेखांकित करना है, बल्कि पाठकों, रंग-निर्देशकों और अन्य रंगकर्मियों के सम्मुख उसे पहुँचाना भी है।

आशा है, आपको यह पहल स्वागत-योग्य लगेगी।

नाटक नहीं मरेगा

आए दिन यह शोर मचता है कि नाटक मर रहा है! अरसे से हम सुनते आए हैं कि सिनेमा आ गया इसलिए नाटक मर रहा है; टीवी आ गया इसलिए अब रंगमंच की मौत तय है; और अब सुन रहे हैं कि वेब सीरीज़ के आगमन के बाद नाटक के धन्धे को बन्द होने से कोई नहीं रोक सकता! क्या वाकई ऐसा होने वाला है? क्या वाकई नाटक समाप्त हो जाएगा? *संहिता मंच* की नाटक-प्रतियोगिता की घोषणा करते हुए हर बार ऐसा लगता है कि इतनी भविष्यवाणियाँ हो रही हैं, तो सही ही होंगी लेकिन प्रतियोगिता के लिए नाटकों की झड़ी लग जाती है।..

संहिता मंच के लिए नाटक सम्पादित करना हमेशा से ही मेरा पसन्दीदा शग़ल रहा है। निर्णायक-मंडल के पास तो हम चुने हुए नाटक भेजते हैं। उससे पहले ग्रुप के हम सदस्य मिलकर, आई हुई प्रविष्टियों से चुनकर नाटकों की एक संक्षिप्त सूची बनाते हैं। इस बार हिन्दी, अंग्रेज़ी और मराठी, इन तीनों भाषाओं में कुल मिलाकर 170 नाटक आए। उनमें से अन्तिम तौर पर पाँच नाटक चुने गए। यह पूरी प्रक्रिया बताना ज़रूरी है। हम कैसा काम कर रहे हैं, सिर्फ़ यह बताने के लिए ही नहीं, बल्कि

अपने रंगमंच-जगत को व्यापक तौर पर समझने के लिए भी कि अभी के नाटककार कौन हैं, वे कैसा लिख रहे हैं, वे क्या कहना चाहते हैं, वे क्या कर रहे हैं, आदि-आदि।

रंगमंच में नया कुछ नहीं लिखा जा रहा है, ऐसा हल्ला तो काफ़ी सालों से मच रहा है, लेकिन हमारा अपना अनुभव बतलाता है—हमारी कम पहुँच के बावजूद—कि हर साल काफ़ी नये नाटक आते हैं।

यहाँ 'नया' शब्द पर थोड़ा विचार करने की ज़रूरत है। इस उत्तर-आधुनिक (?) युग में नया तो कुछ है ही नहीं, सारी बातें कही जा चुकी हैं, नया लिखने जैसा है ही क्या? और आसपास का माहौल देखें तो हर कोई हर वक़्त मोबाइल और तकनीकी और तमाम दुनियादारी में उलझा है। ऐसे में नया लिखा हुआ पढ़ेगा ही कौन? बेशक ऐसे सवाल आज के नाटककारों के सामने खड़े हैं और इन सवालों से उनका संघर्ष भी उनके नाटकों में साफ़-साफ़ दिखाई देता है। हमें जो प्रविष्टियाँ प्राप्त हुईं उनमें से ज़्यादातर नाटक, लेखन के पुराने, पारम्परिक ढर्रे पर चलने की कोशिश करते नज़र आए पर उनमें कभी कोई पात्र तो कभी कोई प्रसंग बार-बार हमारे वर्तमान की गुत्थियों की गवाही देता दिखा। अमूमन नाटकों के विषय स्त्री-केन्द्रित थे, लेकिन इतने नाटकों में स्त्री नाटककार बिलकुल उँगलियों पर गिन सकें, इतनी ही थीं! स्त्री-विमर्श के अलावा, जाति भेद, धार्मिक-साम्प्रदायिक तनाव जैसे विषय बार-बार दिखे। लेकिन ज़्यादातर नाटककार जहाँ फँस रहे थे, या यूँ कहिए अटक रहे थे वह चीज़ थी नाटक का फ़ॉर्म, या आकृतिबन्ध। तीन अंकों का ढाँचा, या यथार्थवादी नाटकों का घर के सेट में क़ैद रहना, या यथार्थवादी ढंग के अलावा नाटक किसी और प्रकार से भी खेला जा सकता है, इस

सम्भावना की खोज के प्रति उदासीन रहना ज़्यादातर नाटकों को निष्प्रभ कर दे रहा था। स्पष्ट कर दूँ कि यह बात मैं उन सौ नाटकों के आधार पर कह रही हूँ, जिन्हें मैंने इस साल पढ़ा।

हिन्दी श्रेणी में इस साल दो नाटक चुने गए—पहला, 'एक अधपका-सा नाटक' और दूसरा 'बागड़बिल्ला'। 'बागड़बिल्ला' आपके हाथ में है, जिसमें धारावी की बस्ती में रहने वाले कुछ लड़कों की कहानी सुनाते हुए, नाटककार ओमकार घाग हमें उनकी ज़िन्दगी से रू-ब-रू कराते हैं, साथ ही उन मसलों, बातों से भी जो उन लड़कों के मस्तिष्क में चल रहे हैं! अकसर ग़रीब आदमी की ग़रीबी ही देखी जाती है; जब भी उसके बारे में लिखा जाता है तो भूख, अभाव की ज़िन्दगी, ज़्यादा से ज़्यादा उसकी नैतिकता—इन्हीं चीज़ों के बारे में लिखा गया है। इस वर्गीय समीकरण में अवसाद या डिप्रेशन और मूलत: मानसिक आरोग्य कैसे-कहाँ शामिल होता है यह इस नाटक में बड़े संवेदनशील तरीक़े से दिखाया गया है।

'एक अधपका-सा नाटक' के लेखक चिराग़ खंडेलवाल ने इसे जिस प्रकार लिखा है, उसमें मौजूदा दौर का बेतुकापन, विवेकहीनता और विसंगति प्रभावी तरीक़े से स्पष्ट हुई है। चार कलाकार हैं, और हर कोई, एक शब्द या एक अधूरे या पूरे वाक्य में बात आगे ले जाने की कोशिश कर रहा है। ये जो चार पात्र हैं, वे भी असल में कलाकार हैं। नाटक ऐब्सर्ड है, समकालीन है और इसमें कलाकार किन विषयों पर बात कर रहे हैं, किन विषयों पर बात नहीं कर पा रहे, या नहीं कर रहे, यह देखना बहुत रोचक है। जहाँ तक इस नाटक के फॉर्म की बात है तो नाटक में कोई बहुत नई नाट्य-युक्ति नहीं है, पर जिस तरह 'एक

अधपका-सा नाटक' में कलाकार एक-एक शब्द में अपनी बात रख रहे हैं, उससे एक नयापन इस नाटक को हासिल हो जाता है।

हिन्दी में नये नाटकों की संख्या निरन्तर बढ़े, इसलिए *संहिता मंच* में हम हमेशा बाक़ी भाषाओं से भी उल्लेखनीय नाटकों को चुनकर अनूदित और प्रकाशित करने लायक नाटक चुनकर उनके पक्ष में रहे हैं। इस साल का पुरस्कृत मराठी नाटक, 'ग्रहन' (घे दान सोडव गिऱ्हाण) अनुवाद करने के लिहाज़ से बहुत मुश्किल नाटक था। इसके नाटककार राजकुमार तांगडे, मराठी में प्रयोगशील नाटक लिखने के लिए जाने जाते हैं पर उनकी आजीविका का साधन है खेती! 'ग्रहन' में उन्होंने किसानों की आत्महत्या का सवाल जिस संवेदनशीलता के साथ उठाया है, और उस पर 'ब्लैक कॉमेडी' का रंग चढ़ाया है, वह बेजोड़ है। नाटक में कहावतें, संवाद का रूप लेकर बहुत सहजता से आती हैं। जहाँ एक तरफ़ किसानों का देवता म्हसोबा किसान को आत्महत्या करने से रोकने की कोशिश कर रहा है, वहीं दूसरी तरफ़ उसी के खेत का काकभगोड़ा वर्तमान व्यवस्था का दलाल बन उसे आत्महत्या करने के लिए उकसा रहा है। यह नाटक हिन्दी में भी उतना ही प्रभावी और प्रासंगिक है, क्योंकि किसान चाहे महाराष्ट्र का हो या उत्तर प्रदेश का, उनकी मूलभूत समस्या बदलती नहीं है।

अंग्रेज़ी श्रेणी में इस वर्ष 'एग्जिट वुंड्स' पुरस्कृत हुआ जिसके लेखक हैं चेन्नई के वी. बालाकृष्णन। इसमें अस्पताल के आईसीयू के बाहर रुके लोग हैं जो अपनी, और जो आईसीयू में भर्ती हैं, उनकी कहानी सुना रहे हैं। ये कहानियाँ कभी एक-दूसरे के साथ चलती हैं, कभी कोई एक आगे निकल जाती है, तो कोई दूसरी पीछे छूट जाती है, जीवन ही

की तरह...सबके अपने-अपने ज़ख़्म हैं और अपने-अपने दर्द...कुछ ठीक होंगे, कुछ नहीं। लेकिन कुछ दर्द शरीर से बाहर निकलते हुए भी ज़ख़्म ही दे जाते हैं। इस नाटक का हिन्दी अनुवाद सिद्धार्थ मिश्रा ने किया है, जो मुम्बई में अपने वेब सीरीज़ लेखन के लिए जाने जाते हैं।

पुरस्कार की हद से परे जाकर इस बार हमने एक और हिन्दी नाटक को चुना—जिसको लिखा है कुनाल हृदय ने। निर्णायक-मंडल को हालाँकि दो ही नाटक चुनने थे और दो नाटक चुने जा चुके थे, लेकिन अमृता प्रीतम और इमरोज़ की कहानी हर बार लुभाती ही है! राजकमल प्रकाशन समूह की ओर से निर्णय प्रक्रिया से जुड़े धर्मेन्द्र सुशान्त ने यह तजवीज़ निकाली कि पुरस्कार के लिए दो ही नाटक भले चुने जाएँ पर 'इमरोज़' को भी पाठकों-दर्शकों के समक्ष रखना चाहिए। वास्तव में अमृता-इमरोज़ के जीवन से जुड़ी कृतियों में नायिका के तौर पर हमेशा अमृता ही उभरकर आई हैं, और इमरोज़ को सहयोगी किरदार के तौर पर देखा गया है पर इस नाटक के नायक इमरोज़ हैं! और इतने लुभावने, स्त्रीवादी (फ़ेमिनिस्ट) इमरोज़ को पाठकों से कैसे दूर रखा जाए!

नाटक प्रकाशित होते हैं, ताकि उन्हें कोई खेल पाए, पर नाटकों का अपना एक साहित्यिक मूल्य भी होता है। पिछले कुछ सालों से हम निरन्तर यह प्रयास कर रहे हैं कि नये नाटक लिखे जाएँ, वे प्रकाशित हों और अधिक-से-अधिक दर्शकों-पाठकों तक पहुँचें। इस साल राजकमल प्रकाशन समूह के अलिन्द महेश्वरी को मैंने जब पहला मेसेज किया, (क्योंकि मेरे पास उनका नम्बर था, और कृष्णा सोबती की 'ऐ लड़की' पर नाटक तैयार करते हुए, उनसे एक बार बात हुई थी! पर मैं बड़ी ढीठ हूँ...) और उन्होंने तुरन्त उत्तर दिया, जोश के साथ मित्रता का

हाथ बढ़ाया। उनका आभार मैं कैसे जताऊँ यह समझ नहीं आ रहा। नये लेखकों से प्यार करने वाला ऐसा प्रकाशक हमेशा साथ रहे ऐसी उम्मीद करती हूँ। राजकमल प्रकाशन समूह की ओर से धर्मेन्द्र सुशान्त ने सम्पादन में बहुत साथ दिया है। सिद्धार्थ मिश्रा हमारे अपने हैं, पर अंग्रेज़ी नाटक का अनुवाद, और वह भी इतने कम समय में उन्होंने किया इसके लिए उनका आभार माने बिना आगे नहीं बढ़ा जा सकता। हमारे समूह के रॉबिन और पूर्वा के बिना भी ये सारे काम इतनी जल्दी सम्भव नहीं हो सकते थे। इन सबकी मैं आभारी हूँ, साथ ही उन एक सौ सत्तर नाटककारों का भी शुक्रिया जिन्होंने यह उम्मीद दी है कि नाटक नहीं मरेगा!

—रसिका अगाशे

बागड़बिल्ला

पात्र-परिचय

हीरो : एस्पायरिंग एक्टर

विक्रम : दीवार पेंट करने वाला मजदूर, जौनपुर की पैदाइश

विनय : छोटी साबुन फैक्टरी का जूनियर एकाउंटेंट, विक्रम के गाँव का ही रहने वाला

थॉमस : इडली बेचने वाला, कर्नाटक बॉर्डर की पैदाइश

धनंजय : म्यूनिसिपल का सफाईकर्मी, मराठी भाषी

साइकियाट्रिस्ट : सयानी के पिता का मित्र

अक्का : सब्जी बेचने वाली, धारावी की रहवासी

सयानी : यू-ट्यूबर, सम्पन्न घराने की

बिल्ला

पहला दृश्य

[रंगमंच के एक कोने से दूसरे तक झोंपड़ियों की दीवारें हैं। घूमने फिरने की जगह बहुत कम है। एक झोंपड़ी में एक आदमी खाट पर बैठा बड़बड़ा रहा है। कुछ लोग उसी झोंपड़ी की एक दीवार खड़ी कर रहें हैं। शोरगुल।]

हीरो : पहले वे लोग हमारे प्रदेश में आते हैं, फिर हमारा कोई एक रिवाज अपनाने का नाटक करतें हैं, फिर एक दिन वे इतने बढ़ जाते हैं कि वे 'हम' बन जातें हैं। इसका नतीजा...

थॉमस : *(जो अन्दर की तरफ है)* यह क्या चल रहा है?

हीरो : कोई गलत मतलब नहीं था मेरा, एक करैक्टर है।

थॉमस : क्या?

हीरो : डिप्रेस्ड है, अकेला है...

विक्रम : *(बाहर से)* डिप्रेशन ऐसा थोड़ी दीखता है। पत्रा मत हिला...

थॉमस : कैरेक्टर नहीं, मतलब क्या था वह बताओ।

हीरो : *(सहम कर)* जो लिखा हुआ है वह सिर्फ पढ़ के देख रहा...

थॉमस : जिन प्रदेशों से लोग आया करतें हैं, वहाँ लोग भुखमरी से मरतें हैं। और जिन प्रदेशों में आया करतें हैं वहाँ के लोग मोटापे से।

[धनंजय को चिढ़ाते हुए।]

धनंजय : अच्छा! और फिर यहाँ पे जगह कम पड़ती है वो? एक-एक सेंटीमीटर पत्रा खिसकाना

पड़ता है वो?

हीरो : आप लोग खाली फुकट बढ़ा रहे हो।

थॉमस : पत्रा खिसकाने से किसका नुकसान होता है?

धनंजय : नुकसान नहीं, दंगा होता है। हमारे में दंगल कहते हैं उसे।

थॉमस : सेम, हमारे यहाँ भी कहते हैं!

विक्रम : इस शहर में दंगे में नहीं, आत्महत्या से ज्यादा लोग मरते हैं। क्योंकि फिजूल समय सब के पास नहीं होता। अब जरा यहाँ ध्यान दोगे?

विनय : भाई की सोच सबसे अलग है।

थॉमस : *(हीरो से)* तेरी तो पूरी जिन्दगी फिजूल है।

हीरो : ऑडिशन कर रहा हूँ अन्ना।

थॉमस : वही तो कहा मैंने।

धनंजय : काम के टाइम पे बड़ा ऑडिशन याद आ रहा है तुझे।

विनय : कम से कम किसी अच्छी जगह पे जाके कर।

धनंजय : उस के लिए तो उठ जा। मैंने तो तुम्हे इतने हफ्तों में हगने के लिए भी जाते हुए नहीं देखा। किसी ने देखा है?

थॉमस : क्या करें भाई तुम्हारा?

हीरो : ठीक है फिर ऑडिशन बाद ही में कर लेता हूँ।

[यह कह कर आईना नई दीवार पर टाँग कर उसी जगह बिना उठे बैठने का तरीका बदलता है। थॉमस तंग आ कर बाहर चला जाता है। हीरो दीवार के एक तरफ लगे आईने में देख रहा है और बाकी सब, दूसरी तरफ आईने के पीछे दीवार का काम कर रहें हैं। बस्ती के पीछे से ट्रेन की आवाजें पूरे नाटक में आती रहती हैं।]

विक्रम : *(अन्दर आते हुए)* बस हो गया।

थॉमस : अक्का को बोलो इतने में इतना ही होगा।

धनंजय : उसे थोड़ी कुछ फर्क पड़ेगा, अपने को रहना है इधर। मुझे सोना है अच्छे घर में।

थॉमस : तो अक्का के साथ रहने जा।

धनंजय : तमीज से...

हीरो : यह दीवार थोड़ी अन्दर नहीं बन गई? घर छोटा लग रहा है।

विक्रम : न, बिलकुल सही है।

हीरो : नहीं भैया...

विक्रम : *(गुस्से से)* तो अपने हिसाब से बना लो जाओ।

[सब अपनी तैयारियों में लगे हैं। विनय विक्रम को नाश्ता देते हुए...]

विनय : सही बनी है। 'यमराज दी पावर' देखने चलते हैं भैया आज। *(विक्रम जवाब नहीं देता)* थिएटर अप्पा ने सीडी लाई है, दो कुर्सियाँ फ्री रखेगा कहाँ। कहता है आजकल शनिवार को ब्लू फिल्म देखने नहीं आता कोई।

विक्रम : तुम्हें छुट्‌टी होगी तब मुझे भी आना पड़ेगा?

विनय : मैटिनी जाएँगे।

थॉमस : *(इडली चटनी की बर्निया पैक करते हुए।)* मैं आता हूँ फ्री होगा तो।

विनय : मुझे छुट्‌टी है इसलिए नहीं, आप हफ्ताभर बिजी थे इसलिए आज पूछा।

विक्रम : इस हफ्ते ज्यादा बिजी रहूँगा।

[विनय विक्रम की शर्ट सीधी करता है।]

मत कर। तंग मत कर। मैं किसी सोच में होता हूँ, तू तोड़ देता है।

विनय : सॉरी।

[धनंजय, जो इतनी देर से आईने में देख-देखकर सज रहा था, हँसता है।]

धनंजय : दीवारें रँगने में ऐसी कौन-सी सोच लगती होगी इसे, देव जाणो।

विनय : आप का दुल्हन बनना हो गया हो तो हम जरा आईना देख ले?

धनंजय : मेरी बात से पेंटर का पिछवाड़ा जलना चाहिए था, तुम्हारी जबान क्यों जलती है हमेशा? चाटणं कमी कर...

विनय : भाई, आप बताओ ब्रेक में कहा आऊँ? स्कूल? स्कूल पेंट हो गया? आपका कांट्रेक्टर बड़ा तेज...

विक्रम : यह जबान रुकती भी है कभी? सुनो मेरी बात, कुछ दिन मुझसे दूर ही रहो, बात छोड़ो, पास भी मत आना मेरे। करो, कोशिश करो।

[विनय शान्त रहता है।]

धनंजय : प्रॉब्लम तुम्हीं में है।

[दरवाजे में एक बिल्ला आ खड़ा होता है। अन्दर आने की कोशिश करता है। थॉमस का ध्यान बिल्ले पर जाता है। वह जाते ही चिल्लाकर बिल्ले के पीछे दौड़ता है और उसे भगा देता है।]

धनंजय : मेरी वॉलेट में इससे ज्यादा पैसे थे। किती दिवस चालणार हे? सगळे भैय्ये चोरटेच असतात काय?

विक्रम : तुम अपनी जबान सँभालो, कल मेरे भी गए थे।

थॉमस : यहीं पे कोई भिखारी की औलाद है।

[कुछ देर सब एक-दूसरे की तरफ देखते रहते हैं। विनय का फोन बजता है। सब फिर से अपने रास्ते।]

विनय : जो कुछ भी हो खतम करो जल्दी, काम के बीच में हूँ। ऐसे ही क्या मतलब। अभी नहीं माँ। बाद

में करता हूँ, बाद में करता हूँ। *(विक्रम से)* माँ का टाईमटेबल इतना उम्दा होता है।

[विक्रम चुप कराता है।]

थॉमस : *(हीरो से)* क्या देख रहा है?

हीरो : *(ऑकवर्ड)* वीडियो है। देखो, यूनिफार्म पहने हवलदार बरात में नाच रहा है।

थॉमस : हाँ...देखा है। और एक था, जिसमें स्विगी वाला किसी सोसायटी की फंक्शन में खाना फर्श पे रखके नाच रहा था। साला काम छोड़ के नाचते रहते हैं सब आजकल। बात सुन। *(हिचकिचाते हुए)* साइकिल वाला सिस्टम जम नहीं रहा, तो दूकान डालूँगा, तुम काम करना आके। पैसे दूँगा, तेरा निकल जाएगा।

[हीरो को चुप देखकर]

क्या सोच रहा है? एक्टिंग का काम आने तक कर न कुछ। कोई खर्चा नहीं उठाने वाला तेरा, गाँव वापस भेज देंगे ज्यादा से ज्यादा, वह भी

तेरे ही पैसों से।

[हीरो से जवाब दिया नहीं जा रहा]

फालतू फालतू लोग तुझसे ज्यादा कमा रहे हैं इधर। 'ज्यादा' छोड़, तू देख कि वह कमा रहे हैं।

विक्रम : फालतू लोग हमेशा ज्यादा ही कमाते हैं। आर्टिस्टों को देर लगती है।

थॉमस : तेरी एक बार लगनी शुरू हो जाए न फालतू आदमी तो आर्टिस्ट खिलाएगा तुझे।

धनंजय : कुत्ते बिल्लियों को खिला सकता है, थोड़ा इसे नहीं दे सकता?

[अपना स्पीकर कनेक्ट कर गाने लगा रहा है।]

थॉमस : अभी है कोई घर में? हाँ कुत्ता है एक, भौंकता रहता है।

धनंजय : तमीज...

थॉमस : इसे एडजस्ट नहीं करना! मेरे गाँव में तो इडली खाते भी नहीं, साउथ इंडियन थोबड़ों से इडली पसन्द करते हैं लोग इसीलिए बनाता हूँ। ए हीरो...

[सब घर से निकलने वाले होते हैं कि एक औरत दरवाजे पे सब्जियों की टोकरी रखकर, फोन पर बात करते हुए अन्दर आती है।]

अक्का : ट्रेन काय विमान पण चालेल, तुम्ही ऍड्रेस शोधा, तुमच्या मित्रांमध्ये अजून विचार, बघा...*(धनंजय से)* यह रिपेयर किया हुआ दीवार है? अच्छा...

[सभी थोड़ा-सा रिएक्ट कर कुछ न कुछ करने लगते है; उपेक्षा करने के लिए।]

हीरो : आपको भी अन्दर लग रहा है न?

अक्का : काय बोलतो! चाली में थोड़ा-थोड़ा दीवार बाहर बढ़ाके जागा हड़पनेका रहताय, और तुम लोग

उल्टा कर रहे हो? भाड़ेकरू वाली सोच ही रखो जिन्दगी भर। आज सब एक साथ तैयार हो रहे हो? घूमने जा रहे हो? नारली बाग हो आना, लाइट वाले सीट और झूले बनाए हैं।

[सभी नजरअन्दाज करते हैं। अक्का चिल्लाती है, गालियाँ देती है।]

औकात नहीं है तुम में से किसी की भी यहाँ रहने की, किसी शेट्टी का इतनी देर भाड़ा थकाते ना, काट के खाते लोग तुम को अभी। परप्रान्तीय को तो देना ही नहीं चाहिए। पचास लोग का संडास है उसमें चार सौ लोग हगते हैं। तूम्बेगा नहीं तो क्या होगा। लोग सुनाते हैं फिर भी रखा है तुम को इधर और तुम मुझे अक्करमाशी पणा दाखवता।

धनंजय : मैं ऑफिस में संडास जाता हूँ।

अक्का : तू गप रे कचरेवाल्या, गाणं बन्द कर ते आधी... कब दोगे सात महीने का? सत्रह महीने के बाद? बोलो। काय रे ईडलीवाल्या, तेरा बोका मर गया तो कमाना छोड़ देगा?

थॉमस : अभी महीना हो गया, काम शुरू है। कुछ भी मत बोलो आप।

अक्का : मैं कुछ भी बोलती है तो रहता काय को है मेरे घर में? कितना गन्दगी रहता था घर में। चटनी में भी बाल होता था उसका। चटनी वाले बाल मिलते थे, इडली वाले तो मिलते भी कहाँ से, निगल लेते। लाज नाही वाटत? धन्धे में बईमानी करते वक़्त।...ला नाश्ता दे। तू पेंटर, मेरा ऊपर का पत्रा कब पेंट करेगा? कितना गर्मा होता है पता है?

विक्रम : वह अब नहीं होगा अक्का। आप कल या परसो बताती तो हो भी जाता।

अक्का : अब क्यों नहीं होगा? एक डिस्टेंपर की बादली चुराने की। आधे से भी कम में हो जाएगा।

विक्रम : नहीं, वह काम ही छोड़ दिया मैंने।

अक्का : घ्या, पहले मराठी लोगों का काम हड़पो फिर आधे में छोड़ दो। जो करना है वह करो, मुझे सात दिन में भाड़ा मिलना चाहिए। ए एक्टर, तेरे

लिए भी है यह वॉर्निंग। सब के लिए है। फिर चाहे तुम ऑफिस में हगो या पटरी पे।

(धनंजय से) मशेरी दे।

(विनय से) तुमको वक़्त पे काम को जाना नहीं आता? इनकी तरह फालतू काम है तेरा? फैक्टरी में काम करता है न। माँ बाप ने धारावी में टाइमपास करने के लिए बीकॉम बनाया तुझको? सात दिन।

[अक्का के जाते ही, विक्रम सिगरेट जलाकर पीने लगता है। थॉमस रेडीमिक्स बनाकर एक घूँट पिता है। विनय एक छोटे फोटो की पूजा करने और धनंजय मशेरी घिसने लगता है। हीरो धीरे-धीरे हाथ अपने कम्बल में डालकर हस्तमैथुन करने लगता है। सब का ध्यान उसी की तरफ है। ये लोग आपस में झगड़ने लगते हैं।]

धनंजय : मैं पैसे इसीलिए निकालता ही नहीं, मुझे पता है तुम लोग नहीं निकलोगे। वैसे भी जिसने आज मेरे चुराए हैं वह भर दे मेरी तरफ से।

विनय : ए हीरो, तुम्हारा बोझ नहीं उठाने वाला कोई। कुछ करने नहीं आया यहाँ तो निकल जा।

थॉमस : अगर घर से बाहर नहीं निकलना तो बम्बई से ही निकल जा।

[धनंजय और थॉमस के निकलते निकलते एक लड़की वहाँ हाथ में सेल्फी स्टिक व्लॉगिंग कैमरा पकड़े आती है।]

यूट्यूबर : नमस्ते, मेरा नाम सयानी है, सयानी, दुनिया यूट्यूब चैनल से। आपको इस समय दुनिया देख रही है। आपका नाम और काम।

[थॉमस असहज महसूस करता है।]

घबराइए नहीं। हम आज धारावी के घर-घर में जाकर 'व्हाट डु यु डु फॉर लिविंग' खेल रहे हैं। मैं सयानी पार्सेकर खुद एक यूट्यूब पर्सनॅलिटी हूँ। आज का स्पॉन्सर हैं कैश मी डॉट कॉम, आपको बस अपना नाम कहना है, आपको कॅश मी डॉट कॉम से मदत हैंपर मिलेगा। गो ऑन।

धनंजय : *(थॉमस को हटाकर)* हेलो, मेरा नाम धनंजय झाड़फूके है। मैं स्क्रैप का बिजनेस करता हूँ। ...बस।

यूट्यूबर : ओह माय गॉड टेर्रिफिक कॉन्फिडेंस धनंजय। अब हम जाएँगे हमारे अगले क्वेश्चन की ओर। लोनलिनेस या अकेलेपन पे आपका क्या खयाल है? *(धनंजय कुछ बोल नहीं पाता)* कोरोना के वक़्त लॉकडाउन के वजह से मुम्बई जैसे शहरों में काफी लोगों ने अकेलापन महसूस किया। यही मैं दिन की शुरुआत से कई दफा कह चुकी हूँ, फिर से कहती हूँ, अ..., मतलब मैंने नहीं कहा है, यह सच ही है, डॉक्टर कहते हैं, लोलिनेस कई मानसिक बीमारियों की जड़ या कहो पहली स्टेप होती है। मेरा चैनल सयानी दुनिया इसी टॉपिक को डेडिकेटेड है अब, मेक अप ट्यूटोरिअल्स के लिए भी एक जमाने में फेमस हुआ करता था। देखिए किसी को अगर अलोन फील हो रहा है तो उसे वह बात बिलकुल छुपानी नहीं चाहिए। लोनलिनेस एक बहोत ही सीरियस मुद्दा.. आप यहाँ देखिए...सीरियस मुद्दा है, कैमरा की तरफ, सीरियस मुद्दा है। आप अगर लोगों को बताएँगे तो ही आपकी दुनिया बदल सकती है। जरूरी

नहीं की आप ही को हो। अपने आस पड़ोस में आपको किसी से बात करनी हो तो भी आप कर सकते हैं। आपको लगता है यहाँ किसी को लोनलिनेस की तकलीफ है?

[धनंजय और थॉमस एक दूसरे की तरफ देखते हैं। फिर दोनों हीरो की तरफ देखते हैं।]

धनंजय : यस...मुझे है। आप मेरी मदत करेंगी?

यूट्यूबर : अ। ...देखिए फॉर्मेट यह नहीं था। हम आपको राशन...दे ही रहे हैं।

धनंजय : माँ के जाने के बाद...

यूट्यूबर : अरे, आपने कबूल कर लिया खतम...मतलब।

[धनंजय रोने लगता है। यूट्यूबर कैमरा से क्लोजअप शूट करती है।]

धनंजय : आप मदत करो मेरी, स्क्रैप का बिजनेस नहीं कचरा उठाता हूँ, जैकेट के नीचे एम.सी.जी.एम.

का यूनिफार्म है।

[यूट्यूबर जाने की कोशिश करती है लेकिन धनंजय उसे जाने नहीं देता। यूट्यूबर कैमरा बंद कर बात करती है।]

यूट्यूबर : प्रॉब्लम क्या है भाई? लाइव शुरू है ठीक है, म्यूट किया है।

धनंजय : कुछ मदत कर दो। राशन से क्या होगा। लोनलिनेस का।

यूट्यूबर : सर्वे करने आए लोग तुम्हारे घर की मरम्मत कर के नहीं जाते, सवालों का जवाब दो बस।

[धनंजय नहीं मानता है। यूट्यूबर थोड़ा-सा सोच कर शूटिंग रिज्यूम करती है।]

अभी-अभी इनकी कहानी ने मेरा दिल छू लिया है। और इसी वक़्त मैंने इनको प्रॉमिस कर दिया है, कि मैं सयानी बिलकुल पर्सनल लेवल पर इनकी मदत करूँगी। यह मेसेज होगा ऑडियंस के लिए की हमें एक-दूसरे की मदत करनी

चाहिए। हम फिर मिलेंगे मिस्टर धनंजय। सी या।

[राशन देती है।]

धनंजय : आप नकली नहीं हो, कैसे मान लूँ? कल मदत करने नहीं आयी तो?

यूट्यूबर : मेरा चैनल देख लो लेजिट है। *(दोनों सर्च कर के वीडियो लगाते हैं। वीडियो में हेलो इंट्रो और कुछ इन्फो फिर बैकग्राउंड में एक जॉनी कॅश का गाना।)*

धनंजय : आप एक काम कीजिए अपना नम्बर दे दो।

यूट्यूबर : *(अवॉइड करते हुए)* मैं यही मिलूँगी आपको, नम्बर का क्या करोगे।

धनंजय : मुझे ये गाना सुनना है आपके वीडियो में जो बज रहा था।

यूट्यूबर : आप यूट्यूब पे जॉनी कॅश सर्च कर लो। गाने सुनना उनके, सो मच फिलॉसॉफी एंड अ। ...लोनलिनेस का एग्जॅक्ट डेपिक्शन होता है

उनमें। सो यू नो। बाई।

थॉमस : मैंने एक बात सब से छुपा के रखी थी, लोलिनेस की तकलीफ मुझे भी है।

धनंजय : लोन ली नेस।

थॉमस : वही कहा मैंने।

यूट्यूबर : देखिए भाईसाब, हम उन्हें मदत करने जा रहे हैं जिन्हें जरूरत है। आप हमारे रिसोर्सेस वेस्ट मत कीजिए।

थॉमस : सच में है मुझे। मुझे बस उसका नाम ठीक से पता नहीं था। इंग्लिश भी आती है मुझे। साउथ इंडियन पीपल टॉक गुड इंग्लिश।

यूट्यूबर : जिन्हें सच में मदत की जरूरत होगी उन्हें हम जरूर करेंगे। फिलहाल आय थिंक, आगे और भी घरों में जाने की जरूरत है, ऑडियंस रुकी हुई है। *(कैमरा में)* आगे धारावी के और इंटीरियर्स में जाते...

[चली जाती है।]

थॉमस : मुझे इसकी तरह नाटक करना चाहिए था। तब वह मान लेती कि मुझे भी लोनलिनेस है।

धनंजय : पहले धन्धा करना सीख फिर अमीरों वाली बीमारियाँ पाल।

विनय : थॉमस भाई, आप को नहीं है, ऐसा मुझे लगता है पर्सनली। क्यों कि...

विक्रम : सालो, पैसों के लिए नखरे करके दिखा रहे हो। वक़्त आने पे अक्का का भाड़ा भी भरो फिर, एक दूसरे के पेट पे लात मारने के सिवाय भी कुछ करो।

धनंजय : ठेका लेके रखता तो करता मैं मदत। लोनलिनेस समझते हो? अभी बताया मैडम ने कितनी बड़ी बीमारी है।

थॉमस : रोज नये लोगों के साथ बैठता है, तुझे कैसा लोनलिनेस?

धनंजय : क्यों नहीं हो सकता। रोज बैठना पड़ता है मतलब कितना होगा सोचो।

विक्रम : *(फोन पर, शान्त अन्दाज में)* हाँ साहब, हेलो। अभी शुरू करा नहीं पर हो जाएगा एक ही दिन में।...

[अक्का टोकरी लेकर अपने घर से निकलती है।]

अक्का : सात दिन।

[चली जाती है। एक-एक करके सब निकलने लगते हैं। आखिर में धनंजय निराश होकर घर से जाते हुए स्पीकर पर गाने लगाता है। गलती से जॉनी कॅश लगने पर स्टॉप करके अपना मराठी गाना लगाकर चला जाता है। अकेला हीरो बचा है, अब भी सोच में डूबा। फोन पर जॉनी कॅश का गाना लगाता है, एअरफोन पर थोड़ी देर बैठ कर गाना सुनता है—'क्राय क्राय क्राय'।]

दूसरा दृश्य

[रात का वक़्त। विनय घर के बाहर एक कोने में बैठा है। विक्रम थैली में ड्राइंग-पेंटिंग का सामान लिए आता है।]

विनय : *(विक्रम की ओर मुखातिब होकर)* कहाँ थे।

[विक्रम जवाब दिये बगैर घर में चला जाता है।]

क्या बात है! यह कहाँ से लाए? बताओ भाई आज थे कहाँ? बस्ती से निकलते ही गायब हो गए। और फोन क्यों नहीं उठाते आप? भाई? कहो। कुछ। एक मिनट, आप सही में यूँ रहने

वाले हो? सुबह सच में कह रहे थे कि दूर रहो, बात मत करो? ऐसा क्या हो गया भाई? मुझे लगा सुबह नींद में चिड़चिड़ापन में आपने कह दिया था। भैया, बता तो, दो प्रॉब्लम क्या हो गई?

विक्रम : मैं कुछ कर रहा हूँ...

विनय : दिन भर कॉल करता घूम रहा हूँ। ब्रेक में स्कूल भी आया था, देखा, वहाँ की पेंटिंग हो गई।

विक्रम : हाँ, ठीक है ठीक है, बस कर, पता है मुझे दिखे मिस्ड कॉल। यही मत कर कहा था तुझे। यही मत कर। तू अगर कुछ दिन दूर नहीं रहा तो प्रॉब्लम होगी, मुझे ही...क्या काम करता हूँ मैं?

विनय : पेंटिंग।

विक्रम : पेंटिंग नहीं कहता उसे। दीवारें रँगता हूँ, फुटपाथ, जेबरा क्रासिंग रँगता हूँ। कितने कमाता हूँ?

[विनय शान्त रहता है।]

बहोत कम? रोज कमाता हूँ तभी खा पाता हूँ।

तो अगर मैं कुछ दिन काम पे नहीं जा रहा मतलब मैंने पैसे इकट्ठा किये होंगे। खाना छोड़ के इकट्ठा किये है मतलब जो मैं करने जा रहा हूँ उसके लिए मैं काफी सीरियस हूँ। है कि नहीं?

विनय : दूर रहूँ यानी क्या करूँ? *(दूर रह)* यहाँ कैसे रहूँ दूर? इतनी-सी तो जगह है। दस लोग और आएँगे एक के ऊपर एक सोएँगे। वहाँ अक्का मैक्सी झाड़ती है तो मुझ पे छींटें गिरती हैं। यहाँ! बीच में पत्रा है।

विक्रम : यही, यही बात है। इसी वजह से दूर रहो तुम। मैंने क्या कहा था? चुप बैठो दूर रहो। या तो 'हाँ' कर सकते थे या 'ना'। पर तुमने क्या किया? खोखली बातों का, अक्का की मैक्सी जैसे घटिया चुटकुलों का बम बनाया और मेरे मुँह पे फोड़ दिया। हमेशा वक़्त क्यों बर्बाद करते रहते हो तुम मेरा? यहाँ पे जगह कम है तो मैंने बोला था यहाँ रहने के लिए?...क्या करने आया था मैं क्या कर रहा हूँ। जितना आर्ट बचा है उतना तो कर दूँ? या दीवारें ही रँगता फिरूँ? ब्रेक में तुम्हारे साथ वडापाव नहीं खाया तो मर जाऊँगा? एक तो यहाँ

हर चीज पाँव में डाल के क्यों देते हैं।

[पहले बड़ा सा कलर पैलेट, फिर कुछ ब्रश, कुछ रंग, एक नया कैनवास थैली से निकलता है।]

विनय : सॉरी। ज्यादा बोलने नहीं वाला। तुम करो अपना काम। बस इतना बताओ कि तो तुम कुछ दिन पेंटिंग करने के लिए नहीं जाने वाले?

विक्रम : *(गुस्से से फटकर)* पेंटिंग नहीं कहते उसे। अनपढ़ लोग करते हैं वह।

विनय : हाँ...नहीं...वह नहीं...तो तुम नहीं जाने वाले न। तो मुझे तुम्हारे शेयर का भाड़ा भरना है तो पैसे इकट्ठा करने होंगे, इसीलिए पूछा। *(हिम्मत समेटते हुए)* तुम्हे कुछ लगे तो बताना, ब्रश रंग कुछ...देखो मत, कुछ जता नहीं रहा, बता रहा हूँ सिर्फ।

[फिर से घर के बाहर जा बैठता है।]

विक्रम : इतना बकचोद आदमी नहीं देखा मैंने कभी।

(पेंटिंग शुरू करता है)

[थॉमस नशे में धुत घर के बाहर दूसरी तरफ बर्तन मांज रहा है, तभी वह बिल्ला वहाँ आता है। दूर से म्याऊ कर इजाजत लेता है। थॉमस उसको घृणा की नजर से देखता है। बिल्ला पास आने की कोशिश करता है तो थॉमस उसको गालियाँ देकर भगाता है। यह कई बार होता है। बिल्ले को थोड़ी देर बाद फिर आगे आता देख थॉमस उस पर पानी फेकता है। तभी धनंजय जो अभी-अभी आया है यह सब देख बिल्ले के आगे थोड़ा-सा बचा हुआ खाना डाल देता है और बिल्ले के सिर पर हाथ फेरते हुए थॉमस से नजरे मिलाता है।]

थॉमस : *(हीरो से)* हीरो, मेरी तरफ देख। ध्यान से देख। मुझे पता है, मेरे अन्दर है। बहुत है। लोनलिनेस बहुत है मेरे अन्दर। बस वह लोगों को दिखाना है। क्योंकि मैं अगर नहीं दिखाऊँगा, तो यह कूड़ेदान पैसे खा जाएगा। मुझे लगता है तू दिमाग से *(तेज)* है। बता मुझे मेरे बारे में। ऐसी चीज बता जो दिखा दे लोगों को मेरा लोनलिनेस।

धनंजय : *(फोन करके)* हेलो, रॉक्या, उद्या शिफ्ट नंतर भेट, मिल कल शिफ्ट के बाद, हाँ हिन्दी में सुन, पार्टी देता हूँ, पैसे आने वाले हैं। हो, सब को बुला। फूल खर्चा। *(थॉमस की तरफ देख के कट।)*

थॉमस : देखा? अब बता।

[विनय बातें सुनकर अन्दर आता है।]

विनय : विक्रम भाई, देखो, यह क्या कर रहे हैं। पैसे आएँगे तो...हमें भी कुछ करना चाहिए।

[विक्रम को नजरों से चुप बैठने के लिए कहता है।]

थॉमस : तो अब तुम्हे भी लोनलिनेस है?

विनय : है। हीरो, मेरे बारे में भी बताओ। जैसे...

हीरो : *(जेनुइनली)* मुझे नहीं पता। विक्रम भाई ने बताया सुबह डिप्रेशन कैसा नहीं दीखता। उन्हें ज्यादा पता है, उन्हीं से पूछो।

थॉमस : वह नहीं बताएगा, तुम बताओ।

हीरो : थॉमस भाई, आप लोनली हो, *(देखा, मैंने कहा था)* ऐसा मुझे लगता है क्योंकि आप देर रात बीच में उठ कर रोते हैं, फिर तकिया सीने से लगाकर फिर सो जाते हो। *(थॉमस हड़बड़ाता है।)*

थॉमस : लगा तुम होशियार हो, पर तुम कुछ भी बकते हो।

हीरो : हाँ, माफ करना, रात को उठकर रोना तो वैसे आम बात है।

थॉमस : नहीं बे, मैं, मैं उठता ही नहीं। इसीलिए यह बकवास है। कहो, मैं लोनली हूँ क्योंकि साईकल पे आते जाते बहुत अकेला लगता है मुझे।

हीरो : एक कस्टमर जाने के बाद दूसरा आने तक अकेला लगता है।

थॉमस : चुप रे।

हीरो : मैं आता दूकान सँभालने तो बेहतर होता आप के लिए।

थॉमस : पहली बार तुम्हे मारने का दिल कर रहा है। यह तुम्हारी नींद पूरी न होने का नतीजा है।

विनय : हीरो! छोड़ वह। मुझे या भाई को हेल्प हो ऐसा कुछ बताओ।

हीरो : तुम्हे शायद दोस्तों की कमी थी या अब भी है इसीलिए गाँव से यहाँ आ गए विक्रम भाई के पीछे पीछे। और विक्रम भाई...

विनय : यह किस किस्म का जवाब हुआ।

विक्रम : एक मिनट। नहीं, मेरे बारे में क्या? बकवास ही होगी, बताओ। कह दो।

हीरो : भाई चिड़चिड़े हैं। यह भी एक तरह की बीमारी ही है।

विक्रम : तुम इतना ही जानो, तो बेहतर है। वैसे भी नामर्द लोग होते हैं जो अपनी कमजोरियाँ लोगों को

दिखाते हैं। जिन्दगी में कुछ करना होता तो समझते तुम लोग। सब को लेके घूमा नहीं जाता। अकेले ही चलना पड़ता है। लोनलिनेस-लोनलिनेस रटते रहोगे तो खाक कुछ कर पाओगे। क्यों भाई हीरो।

हीरो : हाँ। अमिताभ जी ने कहा है—मर्द को दर्द नहीं होता।

[विनय सोचते सोचते बाहर चला जाता है।]

विनय : विक्रम भाई सही कह रहे हैं।

थॉमस : इस कूड़ेवाले को छोड़ के किसी को इतनी बचकाना बिमारी नहीं हो सकती। यह हीरो भी हमारा टाइमपास कर रहा है, नहीं पता क्या होता है लोनलिनेस तो वैसे बता देता। मैं ही मिला तुम्हे? भाड़े का कुछ इंतजाम किया? अक्का याद है न? कुछ करना नहीं चाहता तो बाप को फोन घुमा के मांग ले?

धनंजय : इतने अच्छे घर से है क्या यह?

थॉमस : जिस ताव में बैठता है, लगता तो है।

धनंजय : मजाक की बात नहीं है। भरी जवानी में बोझ बनता जा रहा है।

थॉमस : बेजती कर रहा है फिर भी उठने से रहा तू। बुरा नहीं लगता?

धनंजय : डर नहीं लगता इसे। यही बात है। अक्का हर बार हमें धरती है। इसके घरवालों ने भी छोड़ रखा होगा इसे। अब उठेगा यह। आता मी एकदाच बोलणार। उठ, कमाने की कुछ सोच, या... *(सोच कर)* तेरा सामान हड़प के बेच के पैसा निकाल लूँगा।

थॉमस : यह सही रहेगा। हर दिन तेरे जो अच्छे अच्छे कपड़े पड़े है उनमें से एक-एक लेता रहूँगा। तुम बैठे रहो।

[हीरो वीडियो देख रहा है। उसके इयरफोन की ऑडियो सुनाई देता है—डूज एंड डोंट्स ऑफ ऑडिशन। थॉमस अपना बिस्तर लगा कर सो जाता है। धनंजय भी अच्छी बेड पर

लेट जाता है। विक्रम अब भी पेंटिंग कर रहा है। बाहर विनय कोने में आँखों में आँसू लिए बैठा है। जब अक्का उसके बगल के घर के दरवाजे से आती है। मशेरी भी घिस रही है।]

अक्का : *(फोन पर)* ट्रेन काय प्लेन पण चालेल, तुम्ही आधी शोधा तर। नाहीतर पोलिसात जावा लागेल माला। एवढा महितीये न तुम्हाला म्हणजे शोधाळ तुम्ही नीट। *(विनय दिखता है।)* अये...क्या हुआ ...एक खतम, छह दिन बाकी...

[विनय उठ घर भागता है। अधूरा बिस्तर बिछा कर सो जाता है। अक्का भी थोड़ी देर सोच कर अपने घर चली जाती है।]

[थॉमस अचानक उठकर हाँफता है। फिर तकिये को सीने लगाकर सो जाता है। हीरो अभी भी वैसे ही बैठा है जैसे शुरुआत में था।]

तीसरा दृश्य

[यूट्यूबर सुबह-सुबह घर आई हुई है, साथ में एक सूट पहने आदमी है। घर में हीरो और थॉमस भी है।]

यूट्यूबर : *(धनंजय को माइक लगाते हुए, साइकियाट्रिस्ट से)* तैयार हो न सर आप, तो यह आपका पेशेंट है, हेल्प हिम। *(धनंजय से)* और यह *(हीरो)* हटेंगे वहाँ से?

धनंजय : न, तो नाही हटत।

यूट्यूबर : और वह? *(थॉमस उसी जगह करवट बदल कर बैठता है।)* थोड़ा और।

थॉमस : धनंजय की खाट पर बैठूँ?

धनंजय : कोई जरूरत नहीं है। बाहर बहोत उठाता हूँ, मेरे बेड पे कचरे की जरूरत नहीं। आप कैमरा हिलाओ।

यूट्यूबर : एनीवेस, फ्रीली बात करना इन से, अपने दिल के सारे इमोशन बता देना इनको, डरना बिलकुल नहीं, इन साइकियाट्रिस्ट लोगो ने एक शपथ ली होती है। वह एक पेशेंट की बात बाहर या दूसरे किसी को नहीं बताते। फुल प्राइवेसी होती है। ओके? अब मैं रिकॉर्डिंग शुरू कर रही हूँ, इंट्रो बाद में डाल दूँगी। एक्शन!

साइकियाट्रिस्ट : एक मिनट, यह क्या चल रहा है? व्हाट ऍम आय एक्सपेक्टेड टू डु?

यूट्यूबर : क्योर हिम।

साइकियाट्रिस्ट : प्लीज, मैम। ऐसे काम नहीं होता यह। पहले तीन चार सेशन तो पेशेंट को फ्री करने में जाते हैं फिर वह अपने बारे में थोड़ा-थोड़ा बताता है। वह भी कंट्रोल्ड एन्वायरन्मेंट में हो पाता है।

आपने मुझे यहाँ लाके पटका है। ऊपर से कैमरा में रिकॉर्डिंग। सोशल कॉज कहा था आपने तभी आया हूँ।

यूट्यूबर : स्टील वी शुड ट्राय इट सर, इट्स ऍन सोशल एक्सपेरिमेंट।

साइकियाट्रिस्ट : नो, वोन्ट हेल्प।

यूट्यूबर : ठीक है तो आप पहले इनको ठीक कीजिए फिर वीडियो निकालेंगे। *(घर के बाहर जाती है।)*

धनंजय : क्या डॉक्टर आप भी, इधर वैसे भी थोड़ी मिलेगी प्राइवेसी।

साइकियाट्रिस्ट : सिर्फ प्राइवेसी का इशू नहीं है। दिस इस वेरी अनयूज़ुअल।

धनंजय : म्हणजे?

थॉमस : लग भी तो नहीं रहा होगा तू लोनली।

धनंजय : सर यह कहा आपने?

थॉमस : सज-धज के बैठे हो यार, क्या ही कहेंगे वह।

साइकियाट्रिस्ट : वह उतना जरूरी नहीं होता।

धनंजय : मतलब थोड़ा होता होगा। करता हूँ न मैं।

[अपने ट्रंक से अपने रंग-बिरंगी निऑन कपड़े निकालने लगता है, और थॉमस एक एक पर हँस कर या कुछ रिएक्ट करके रिजेक्ट करता है।]

मेरे पास तो सब ऐसे ही कपड़े हैं। *(हीरो की ट्रॉली बैग से कुछ शर्ट निकालता है।)* हीरो, यह आज से मेरे।

[पहन कर दिखाता है। थॉमस हँसते हुए बाल्टी उठा कर शौच जाता है। धनंजय बाहर यूट्यूबर से साइकियाट्रिस्ट की कंप्लेंट करने जाता है। घर में साइकियाट्रिस्ट और हीरो बचे हैं।]

हीरो : *(शब्द खोजते हुए)* जिन्हें मन की बीमारी, जो मन से बीमार होते हैं। उन्हें आप ठीक करते हो?

साइकियाट्रिस्ट : *(इग्नोर करने की कोशिश)* हाँ भी और न भी... डिपेंडस।

हीरो : कितने दिन लगते हैं?

साइकियाट्रिस्ट : कभी कुछ हफ्ते, कभी कुछ साल, डिपेंड्स यु नो।

हीरो : पैसे कितने लगते हैं?

साइकियाट्रिस्ट : एक सेशन के तीन हजार।

हीरो : अच्छा...

यूटयूबर : *(अन्दर आती है)* सर, एक काम करते हैं, कल मैं स्क्रिप्ट लिख के लाती हूँ हम थोड़ा रिहर्स कर के शूट करेंगे, कॉज दिस इज नॉट वर्किंग आउट। धनंजय जी की भी स्टोरी इंटरेस्टिंग नहीं है। आप गाइड कर दो वैसी ही स्क्रिप्ट करेंगे। सोशल कॉज है सर प्लीज।

साइकियाट्रिस्ट : ऑलराइट व्हाटएवर।

[दोनों निकलने ही वाले होते हैं कि धनंजय उन्हें रोक लेता है]

धनंजय : मैडम, पैसे? मदत? आज की?

यूट्यूबर : तुम्हें मदत मतलब पैसे लगे?

धनंजय : हाँ तो और किस तरह की मदत होती है? काम छोड़ के यहाँ बैठा हूँ। पैसे तो मिलने चाहिए न।

[यूट्यूबर कुछ पैसे निकाल कर देती है। चली जाती है। धनंजय पैसे गिनने बैठता है। विनय फोन पर बात करते-करते भागता हुआ आता है। उसके हाथ में कलर्स का बॉक्स है।]

विनय : बाद में बात करता हूँ माँ, तुम फोन ही हमेशा गलत वक़्त पे करती हो। *(रख देता है)* भाई नहीं आए? *(फिर से बाहर दौड़ जाता है।)*

हीरो : सुनो, धनंजय, एक सुझाव दूँ? कल न तुम काम पे चले जाना, तुम्हारी जगह मैं बैठ जाऊँगा, मेरा सेशन कर लेंगे। जितने भी पैसे देंगी वह, उतने तुम ही रखो। पर इन कम पैसों के लिए तुम अपने काम छोड़ के यहाँ बैठोगे यह सही नहीं होगा। क्या कहते हो?

धनंजय : कोई नया झाँटू का करेक्टर कर रहे हो क्या?

[दोपहर की थकी हारी अक्का आती है।]

अक्का : *(शान्ति से, फोन पर)* आधी वाटलं होतं जगू शकते एकटी पण ठाऊक नाही ना केवढे दिवस उरलेत जगायचे हाडं ठिसूळ झाली हायेत माझी... हे बघा...

[दरवाजे में सब्जियों की टोकरी रखकर अन्दर आ बैठती है। धनंजय काम का नाटक करता है।]

अक्का : पानी ला रे। कितना साफ दीखता है न घर, घर में बिल्ली नहीं है तो! पर चूहे हो गए हैं, बिल्ली नहीं है तो। अपने-अपने फायदे हैं अपने नुकसान भी। मरनी नहीं चाहिए थी पर। घर में मर जाना मतलब...क्या बुरा लगा होगा वह इडली वाले को। प्यार करता है ना, तो अकेला छोड़ने का ही नहीं। साथ ले के घूमने का। खैर। *(इशारे में, "भाड़ा? पैसे?")*

धनंजय : आप एक ही मेहरबानी करो, जब घर में सब

होंगे तब आना। वैसे भी दोनों भाइयों की खरेदी चालू है। रंग क्या ला रहे हैं। कैनवास का ला रहे हैं। उनसे बात करो। फिलहाल देखो आपकी सब्जियों में बिल्ला लेटा है। कही टॉयलेट न कर दे। उसका ऑफिस नहीं है न।

[अक्का उठ कर बिल्ले को भगाती है। अक्का फोन करती है एड्रेस की बातें करती चली जाती है। हीरो इयरफोन पर एक के बाद एक गाने चेंज कर रहा है। धनंजय बिल्ले को उठा लेता है।]

धनंजय : भावा, आज तुमने बचा लिया, पैसे तो मैं वैसे भी न देता। पर इसकी किट किट ज्यादा देर सुननी पड़ती।

बिल्ला : म्याऊँ!

[धनंजय बिल्ले को घर में लाता है और उसे खाना देता है। तभी विक्रम घर आता है और पेंटिंग पूरी करने लगता है। बाहर विनय दुखी शक्ल बनाए अपनी हमेशा की जगह पर बैठता है। विक्रम और विनय झगड़ कर घर आए हैं। धनंजय स्थिति को भाँप लेता है,

थॉमस भी घर आते-आते बात समझता है। नशे की हालत में, हिन्दी फिल्म के हीरो की तरह विक्रम से बात करने के लिए थॉमस जोश में अन्दर जाता है।]

थॉमस : चल क्या रहा है तुम दोनों का?

धनंजय : अक्का आयी थी, तुम लोग घर पे नहीं थे इसलिए चली गई। रात में फिर से पूछेगी।

थॉमस : तुम से बात नहीं चल रही।

धनंजय : कर रहा हूँ तो कर लो। बाद में रोते उठोगे बीच रात में कि कोई बात करने को है नहीं।

थॉमस : तुम्हारे पास बहुत लोग हैं रंडी रोना करने के लिए। कैमरा मँगवा के कर रहे थे आज देखा मैंने।

धनंजय : पैसे कितने मिले वह नहीं देखा?

[झगड़ा, शोरगुल]

विनय : *(फोन बजता है जिसको उठा कर फोन पर)* तकलीफ क्या है तुमको, बार बार मत करो।

[फोन काट देता है]

थॉमस : विक्रम, ध्यान से सुन। उसे घंटा जरूरत नहीं है तुम्हारी। उसे बस यह बात पता नहीं है तब तक तुम लकी हो। जिस दिन वह भी मान लेगा... लकी है तू, तुम्हारे पीछे कोई डिस्टर्ब करने वाला है।

[तभी थॉमस की नजर बिल्ले पर जाती है।]

इसे अन्दर किसने आने दिया? वहाँ पे सामान रखता हूँ इडली का आटा भी वहीं है।

[बिल्ले को भगाने लगता है। उसके पीछे दौड़ रहा है।]

चौथा दृश्य

[साइकियाट्रिस्ट रास्ता पूछते-पूछते आता है। घर में सिर्फ हीरो है। साइकियाट्रिस्ट थका हुआ और थोड़ा गुस्से में है।]

साइकियाट्रिस्ट : कोई पहुँचा नहीं? *(हाथ हिलाकर हेलो कहता है। हीरो जवाब में उसी तरह हाथ हिलाता है। दोनों कुछ बोले बगैर बैठे रहते हैं।)* यह जो, क्या नाम, धनंजय है। वह सच में डिप्रेस्ड है?

[हीरो 'नहीं जानता' का इशारा करता है।]

लग नहीं रहा। यह तो किसी किस्म का लोनली भी नहीं लग रहा। इसका अभी तक का इनफरेंस

बताता हूँ। काफी अटेंशन सीकर किस्म का है। कम्पलसिव। घर में पेरेंट्स बात नहीं करते होंगे इससे, इसका हुलिया और वर्ताव देख के यहाँ भी कोई सीधे मुँह बात नहीं करता होगा इससे। तो हमारे अटेंशन से भरपाई करता है शायद। सामने वाले को तकलीफ दे के या सीधे झगड़ा कर के अटेंशन लेता है। तुम्हारे कपड़े छीन के तुमसे अटेंशन लेता है। यह सच होगा भी तो व्हाट कैन आइ डु। आज वह पैसों के लिए डायलॉग बोलेगा। खतम। यु नो? लोनली आदमी का सबसे बड़ा दुश्मन, एनिमी कौन होता है। वह खुद होता है, ऐसा कोई डायलॉग नहीं मारने जा रहा मैं। वह खुद नहीं, सोसाइटी भी नहीं, साइकियाट्रिस्ट, साइकोलोजिस्ट तो हरगिज नहीं। सबसे बड़ा दुश्मन होता है अटेंशन सीकर। इनकी वजह से, जिन लोगों को एक्चुअली जरूरत है उन पर ध्यान नहीं जाता किसी का। सर्वे गलत बनते हैं इसकी वजह से। सर्वे गलत फिर सोलूशन्स गलत, दवाइयाँ भी गलत बनती होंगी फिर क्या पता। मेन्टल इश्यूज के बारे में बात करना नॉर्मलाइज करना था, हमने स्टेपल कर दिया है कि नहीं, बोलो। रोज व्हाट्सअप पे आइ ऍम अवेलेबल टु टॉक, डीपी पे जोकर। आते जाते एड्स के बारे

में भी बातें करते रहो फिर। बीमारी तो वह भी है। अपने बारे में बोलो, अपने थॉट्स के बारे में बोलो। बीमार हो या नहीं यह दूसरे तय कर लेंगे। बात की डेलिकेटनेस खराब मत करो।

[उसे लगता है कि हीरो सुन नहीं रहा तो चुप बैठ जाता है।]

हीरो : जिन्हें जरूरत है, अगर उनके पास पैसे नहीं हैं... तो...

साइकियाट्रिस्ट : *(हँसता है।)* एड्स की स्कीमें होती हैं मेन्टल हेल्थ की। ...होती भी होंगी तो मैं ट्रैक नहीं रखता। मेरे क्लाइंट्स वेल टू डु घरों से होते हैं। तुम्हे क्या लगता है? धारावी के इन दो किलोमीटर में कितने लोगों को लगता होगा या ईवन सूझता होगा कि डिप्रेशन के लिए डॉक्टर के पास जाया जाए?

हीरो : तो क्या करना चाहिए धारावी को?

साइकियाट्रिस्ट : वेट! मैं यह बिलकुल नहीं कह रहा कि काउंसलर के पास मत जाओ। जाओ। वही ठीक करेंगे आपको। पर इस देश में सेवेंटी परसेंट लोग गाँव

में रहते हैं और मेरा ऑफिस कहाँ पर है? अँधेरी बांद्रा दादर! तुम्हारे सवाल का जवाब। धारावी को सिर्फ एक काम करना है, वेट। एक दिन आएगा जब लगेगा अरे आज हवा में पॉल्यूशन बड़ा कम है, साँस अच्छी आ रही है। बादल कम हो गए हैं या सूरज ज्यादा ब्राइट। घर की दीवारें एक दूसरे से दूर चली गईं घर बड़ा हो गया। यह सब होगा, तुम्हारा काम बस इतना है, तुम्हें उस दिन तक मरना नहीं है। वेट फॉर दॅट डे। ...तुम्हें लोनली फील होता है?

हीरो : ना। मैं तो करैक्टर की तैयारी कर रहा हूँ।

साइकियाट्रिस्ट : फिल्म? सीरियल या नाटक?

हीरो : हो जाएगा तब बताऊँगा, आधे में नहीं बताते।

[विक्रम आता है, उसके पीछे विनय भी आता है।]

विक्रम : *(फोन पर)* कर रहा हूँ सर चेंज। तो इसीलिए फिर से डिटेल्स बता देते तो बेहतर होता। नहीं सर वह ऐसे नहीं है। एक्जीविशन में पेंटिंग के

नीचे लिखते हैं न। वह नाम के साथ, ...अच्छा ग्रामर मिस्टेक, ...कर के आ जाता हूँ सर, वह भी हो जाएगा।

विनय : भाई, ठग है वह लोग। कल तक धनंजय के साथ बैठते थे। अभी अचानक एक्जीविशन का काम कब से करने लगे?

विक्रम : लोग बदलते हैं। जिन्दगी भर एक ही काम सिर्फ चूतिये करते हैं।

विनय : कुछ बदलने से पहले उन के बारे में जान लेते।

विक्रम : रिस्क के सिवाय कुछ नहीं होता। तुममें झाँटभर का एम्बिशन होता तुम्हे पता लगता। पहले से फुटपाथ ही पेंट कर रहा हूँ और कितना नुकसान हो सकता है? और तुम वैसे भी बात क्यों कर रहे हो मुझसे?

विनय : न भाई, इनके साथ आपको काम करने नहीं दूँगा।

विक्रम : क्या फालतू आदमी है भाई तू। अच्छी जगह मिली थी बस डिपो में वहाँ आ गया, मैं निकला तो तू

यहाँ भी आ गया। सीधी बात समझ नहीं आती क्या तुम्हारे?

विनय : दो रात से सोये नहीं हो तुम।

विक्रम : बाप मत बन। यही करता है तू बहोत, बकचोदी। तुम से भाग रहा हूँ क्यों कि तुम्हारे आते ही इंस्पिरेशन मर जाती है मेरी। केकड़े की तरह खींचते रहते हो मुझे नीचे। छोड़ दे न अकेला। गाँव से पीछा करके यहाँ आ गया। मैंने तो नहीं बुलाया था। सोप फैक्टरी में काम करना है। हमारे जिले में फैक्टरियाँ कम थीं? फालतू गिनती का काम वहाँ नहीं होता? खुद के घर में रहता वहाँ। तुम्हें बताते हुए भी मुझे पता है कि तुम्हें कन्फर्म समझ नहीं आएगा, इतने जहीन हो नहीं न तुम, फिर भी सुन लो। तुम मेरी आर्ट धुँधली करते हो। रंगों में धूल मारते हो तुम मेरे। दूर रह साले कॉमर्स ग्रेजुएट। जाओ।

[बोलते हुए धक्का मार विनय को पीछे धकेलता है। विनय का पैर कलर पैलेट पर पड़ता है। वह टूटता देख विक्रम गुस्से में विनय को मारने लगता है। साइकियाट्रिस्ट

रोकने की थोड़ी कोशिश करता है। हीरो भी थोड़ा सा प्रयास करता है, पर विक्रम नहीं रुकता। घर अस्त-व्यस्त हो जाता है। यूट्यूबर आकर शूट करने लगती है। धनंजय यूट्यूबर के साथ है पर गन्दा घर देखकर निकल जाता है।]

पाँचवाँ दृश्य

[देर रात घर के बाहर। विनय बहुत रो कर थका बैठा है। थॉमस पास में खड़ा है। विक्रम दूसरी गली में सिगरेट पी रहा है। अक्का के घर से अक्का की आवाज आ रही है। हीरो घर में फोन पर कुछ कर रहा है।]

अक्का : आपल काय बोलण झालेल? तो ढूँढ़ क्यों नहीं रहे आप। भाऊ जल्दी-से-जल्दी ढूँढ़ो...इज्जत से बोल रही हूँ दया वया कर रही हूँ तरी आपल तेच...जिन्दा तो है न वह उतना बताओ।

[फोन कट। अक्का बाहर विनय के पास

आकर बैठती है। दोनों अपनी सोच में स्थिर बैठे रहते हैं। ट्रेन गुजरने की आवाज से अक्का होश में आती है।]

अक्का : क्या विन्या, इस बाकड़े का भी अलग भाड़ा लेना पड़ेगा लगता है। नहीं, घर से ज्यादा तू यही पे रहता है। वह भाड़ा भी कहाँ देने वाले हो तुम। फैक्टरी में वक़्त पे जाया कर, वरना इधर ही बैठना पड़ेगा।

[विनय कुछ नहीं बोलता। विनय के जख्म दिखाई देते हैं।]

काय रे। तुम्हारे भैया? क्या हुआ? कुछ नहीं, मग काय असच? तुम इर्द गिर्द घूम रहे होगे। किसी के पीछे-पीछे बार-बार जाना ही नही चाहिए, लोग तंग आ जाते हैं। तेरे भैया का भी कुछ चल रहा होगा मन में। पर मारना नहीं चाहिए था। तुम्हे भी अकेला लगता होगा तभी तो चिपकते हो।

[विनय प्रतिक्रिया व्यक्त करता है।]

मुझे सब पता है, सब समझ आता है मुझे तुम लोगों

का। तुम तरुण लोगों की प्रॉब्लम क्या है मालूम है? तुम लोगों के एकटे पणा पे *(अकेलेपन)* पिच्चर नहीं न बनी कोई। पिच्चर देख के पता लगता है, कैसे क्या करने का। कम से कम हम अकेले नहीं हैं जिसको यह प्रॉब्लम है, यह तो। ...क्या? बनी है? मैंने नहीं देखी होगी। पर हम लोगों पे बहुत है। बाघबान, अप, कार्टून है। देखी है कभी? मेरा बेटा देखता है, होगा। बड़ा हो गया फिर भी देखता है...था। जब तक घर पे था। तुम लोग आने से पहले। अभी कलकत्ता गया है वह, काम है। मैंने कहा न, मुझे समझ आता है तुम लोगों का। वह भी जाने के बाद रोज फोन करता था। सब बातें बताता था। यह प्रॉब्लम हो गया वह हो गया, हगल्या मुतल्या सब। मुझे भी कभी-कभी कंटाला आता था कि कितना! मतलब अच्छा भी लगता था। अभी यहाँ सामने रहते थे तब थोड़ी इतना बोलते थे रोज। तू बता तू अभी अपने माँ के पास होता तो कितना बात करता? पर अभी जब तुझे यहाँ दूर भेजा है तो तू रोज करता होगा न माँ को फोन। पर अब सेटल हो गया है वह शायद। उसने फोन करना, उठाना कम कर दिया। अभी सात महीने हो गए बात नहीं की उसने मुझसे। उसके दोस्तों

को पूछा। उन्हें पता नहीं कहते हैं। ऑफिस में पूछा तो पता नहीं कहते हैं। उसे बात करनी नहीं है। जिन्दा है वह। कुछ हुआ नहीं है। कोई मिल गया होगा बात करने के लिए। धारावी कोणाला लक्षात ठेवाविशी वाटते तसही। धारावी किसको याद रखनी होगी। त्यात तुम्ही, लगा पैसे इकट्ठा करूँगी जब तक वह मिल नहीं जाता या बात नहीं करता, फिर प्लेन से जाऊँगी कलकत्ता। उसे भी लगता, कि बाई धारवित ली आइस कशी एरोप्लेन ने आली। अशी रडवी, मागे लागलेली चिकट म्हातारी म्हणून लक्षात नव्हता राहायचा मला त्याच्या। इमेज जब अच्छी हो तभी निकल जाना चाहिए। पर तुम लोग टाइम पे भाड़ा दोगे तब ना। अजून केला असता मी प्रयत्नं, पण...

विनय : पन?

अक्का : पर अभी तुम्हें देख के एक बात समझ आ गई, ज्यादा पीछे पीछे करने से क्या हालत होती है।

विनय : उन्हें वहाँ कोई मिल गया होगा।

अक्का : जाते वक़्त तो अकेला ही था, आता काय माहित

असेल एखादी छोकरी...पर होनी ही चाहिए कोई न कोई। हम बूढ़े लोगों के मन बहलाने के लिए पिक्चर सीरियल है, वृद्धाश्रम है, कराओके क्लब है अपना। पर तुम जैसे तरुण लोगों के लिए ज्यादा कोई नहीं है। और तेरेको देखके लगता भी नहीं है इतने जल्दी कोई छोकरी पटेगी तुझे।

[विनय हँसता है।]

अरे हँस रहा है, भाड़ा दे दे फिर, बाकडे का तो दे। आखरी बार पूछ रही हूँ भाड़ा दोगे कि नहीं?

थॉमस : आज नहीं अक्का, पर मैं सबसे बात करता हूँ, परसो तक दे देंगे।

अक्का : छोड़ रे ऐसे ही बोली मैं। *(अपनी टोकरी का सामान तैयार करने लगती है)*

[थॉमस वहाँ आता है, बिल्ला उसके पीछे है। थॉमस उसे भगाने की कोशिश करता है।]

अक्का : *(बिल्ले से)* ज्यादा पीछे-पीछे मत कर वरना खाएगा तू भी।

थॉमस : इस वक़्त कहाँ?

अक्का : मेल्या रात्र नहीं है, 4:30 बजे हैं, ट्रेनें भी शुरू हो गईं। और मैं रोज इसी टाइम पे निकलती हूँ, तुम लोग आज जागे हो। भाजी का टेम्पो आया होगा, चल येते मी।

[अक्का चली जाती है]

[थॉमस विनय के जख्म देखते हुए उसे घर के अन्दर ले जा रहा है।]

थॉमस : अपने लोगों को मारा नहीं करते, अकेला मरेगा साला।

[बिल्ला अन्दर आने की कोशिश करता है। थॉमस उस पर चिल्लाता है।]

विनय : सिर्फ विक्रम भाई अकेले नहीं मरने वाले। तुमसे तुम्हारे पुराने बिल्ले की स्मेल आती होगी उसे

अन्ना, इसीलिए आता है वह।

[तभी धनंजय घर आता है और अपने बेड पर पड़ा सामान देख कर थॉमस को गालियाँ देता है। थॉमस उठ कर वह बेड साफ करता है।]

धनंजय : बाहर भी कचरा, यहाँ भी कचरा। तुमचा कचरा उचलायला जन्माला आलोय मी।

थॉमस : सॉरी।

विनय : *(कुछ सामान उठाते हुए)* सॉरी।

[तब तक विक्रम पहली बार बाहर विनय वाली बेंच पर बैठता है।]

धनंजय : *(विनय, थॉमस से)* सॉरी।

[और धनंजय भी घर साफ करने लगता है।]

विक्रम : *(दरवाजे पर आ कर इन तीनों से)* सॉरी! *(सामान उठाने लगता है।)*

[सब एक साथ घर साफ कर रहे हैं। थॉमस बिल्ले के सिर पर हाथ फेर रहा है। विनय विक्रम से बात नहीं कर रहा।]

विनय : तू आज भी नहीं उठेगा?

[हीरो अपनी जगह से उठने लगता है। तभी बाहर से चिल्लाने की, भाग-दौड़ की आवाजें आने लगती हैं।]

विक्रम : *(दरवाजे से)* क्या बात हो गई?

कोई पड़ोस का आदमी : अक्का ट्रेन के नीचे आ गई।

[जॉनी कॅश : आय हॅव गॉट ए थिंग फॉर ट्रेन्स।]

छठा दृश्य

[कुछ दिनों बाद, सुबह। हीरो अपनी जगह बैठा है, थॉमस यहाँ-वहाँ कुछ ढूँढ़ रहा है। और विनय फोन पर व्यस्त है।]

विनय : आ जाऊँगा। बिलकुल आ जाऊँगा। कुछ दिनों से गड़बड़ थी। इसीलिए बात नहीं हो पाई। मैं क्या कहता हूँ, मामा जो काम कह रहा था मैनेजर वाला, वह है क्या अब भी अवेलेबल? कर लेंगे। हाँ, अपने यहाँ। घर में, अपने घर में रुकूँगा, रहूँगा। तुम्हारे पास भी रहूँगा फिर। *(रोने लगता है)* माफ कर दो मुझे माँ। *(खुद को सँभालते हुए)* यहाँ का टाईमटेबल बेकार है। तकरीबन सभी बेकार है। खाना भी पाव में डाल कर ही

देते हैं। आ जाऊँगा माँ।

विक्रम : *(आधी बात सुनकर)* नशेबाज लोग थे वह। रोज रात मेरे दिए एक्जीविशन के स्लॉट के पैसों से... अभी नशा उतरा तो उन्हें याद भी नहीं था पेंटिंग कहाँ रखी उन्होंने कल। *(हँसता है)* पूरी पेंटिंग गुमा दी। सॉरी। बहुत गलियाँ दी मैंने तुम्हें। मारा भी। मारा इसलिए ज्यादा सॉरी। पहले कभी सॉरी नहीं कहा तुमसे इसलिए उससे भी ज्यादा सॉरी। जा रहे हो। ...जाओ। तुम्हारे लिए वही सही है। मजाक नहीं उड़ा रहा। यही सोच रहा था मैं भी। यहाँ किसी की आर्डर लेकर उन्हें जो चाहिए उन्हें जब चाहिए तब बनाकर देने से बेहतर, गाँव में पहले की तरह 'आर्ट फॉर आर्ट सेक' रखा जाए। पर संतोषी माता मुझे अपना भक्त बनाने के लिए राजी नहीं है। सुबह पेंटिंग मिल गई। सोच रहा हूँ स्कूल...अभी जो रँगी थी, वहाँ के टीचर को दिखा दूँ। बाकी कुछ और काम कर लूँगा। दीवार, फुटपाथ बस हो गए।

[रुकता है, विनय से कुछ सुनने की अपेक्षा में।]

विनय : ऑल द बेस्ट।

[थॉमस को हार्नेस मिल जाता है। उस पर से धूल झाड़ अपने बिल्ले को पहनाने लगता है। फिर उसे अपने छाती पे लगाकर कंधे पर बैग रख कर निकल जाता है।]

विनय : बस छुट्टियाँ ले लिया करो, आराम करो कभी।

[दोनों चले जाते हैं। धनंजय अपनी बैग लेने अन्दर आता है।]

धनंजय : चलता हूँ। लोग आएँगे पूछने, ध्यान रखना। तेरा लिया हुआ सामान तो मैंने कब का बेच दिया, इसलिए यह रख ले। *(स्पीकर देकर)* फिट्टूस।

[सब घर छोड़ कर चले गए हैं।]

[अब स्टेज पर बस अकेला हीरो बचा है। वह एक के बाद एक सयानी के यूट्यूब चैनल के वीडियो देख रहा है। अपने इअरफोन पहने हुए है, पर आवाज दर्शकों को सुनाई दे रही है। पहले धनंजय का

पहला इंटरव्यू, फिर साइकियाट्रिस्ट वाला, फिर विनय विक्रम की पिटाई का लाइव स्ट्रीम, फिर कुछ वीडियो उनके इंट्रो में ही स्किप करने के बाद हीरो एक वीडियो पे रुकता है।]

सयानी : *(अपनी यूट्यूबर वाली टोन हटा कर, जेनुइनली)* नमस्ते दोस्तो। अ...मुझे माफी माँगनी थी, क्यूँकि इस चैनल पर काफी गलत इनफार्मेशन है, लोनलिनेस को लेके। यह बात सब से पहले मेरे समझ में आयी जब मेरी बातचीत में एक साइकियाट्रिस्ट आए। लोनलिनेस हमारे जीन्स में है। प्री हिस्टोरिक टाइम से। जिस वक़्त हम पूरे इनसान भी नहीं बने थे, हम ने तय कर लिया था लाखों साल बाद इनसानों की क्या दशा होगी। पहले ट्राइब फिर फैमिली का कांसेप्ट आया।

[हीरो को छोड़ सभी लोग आदिमानव बन कर स्टेज पर आते हैं।]

फैमिली से अलग होना, यानी उस वक़्त मौत।

[सब ग्रुप बनाते हैं। फिर उन में से आदिमानव

अक्का पीछे छूट जाती है।]

सर्वाइवल से जुड़ा है हमारा अकेलापन। जो पीछे रह गया उसे मारना शिकारियों के लिए आसान था। कुदरत के लिए आसान था।

(ग्रुप आगे बढ़ता जाता है, पीछे छूटा आदिमानव भागता रहता है।)

यह इनफार्मेशन हमारे इंस्टिंक्ट्स में हैं। यह इनफार्मेशन हमारी डीएनए में है। इसीलिए लाखों सालों बाद आज भी भीड़-भाड़ वाले शहरों में भी, लोगों से भरे धारावी में भी आपको अकेला महसूस हो सकता है। ह्यूमैनिटी की हिस्टरी में हम कभी जान-बूझकर अपनी फैमिली से या अपने ओरिजिनल, बर्थ प्लेस से इतने दूर नहीं आए। आज हम एजुकेशन के लिए, जॉब के लिए, प्यार के लिए, कॉन्टिनेंट्स पार कर जाते हैं। पर हमारा डीएनए उसके लिए अभी तैयार नहीं है। मॉडर्निटी इंडिविजुअलिटी मांगती है। अकेला आदमी क्या कुछ नहीं कर सकता। सही भी है। सही है। पर अकेला आदमी एक चीज कन्फर्म नहीं कर सकता। अकेला आदमी अकेला होना

बंद नहीं कर सकता। उसके लिए लोग लगते हैं। सॉलिट्यूड और लोनलिनेस में फर्क है।

[अक्का पीछे छूट जाती है। ग्रुप बाहर चला जाता है। धीरे-धीरे जानवरों की तूफान की आवाजें आने लगती है। कोई अक्का पर झपटता है, अक्का चिल्लाती है। हीरो चिल्ला कर उठता है। रात है। वह सो गया था। घर में कोई नहीं है। हीरो अजीब तरह से हाँफ रहा है, वह डरा हुआ है। वीडियो अब भी चालू है।]

सयानी : एक दिन आएगा जब आपको खुद से खुद को बचाने की जरूरत होगी।

[हीरो मरने के सारे तरीके आजमा रहा है। चाकू, पंखा, चद्दर, घासलेट, माचिस। वह डरा हुआ है, रो रहा है।]

सयानी : उस दिन आपको अपने लोगों से बात करनी चाहिए। फैमिली, दोस्त। सबसे बात करनी जरूरी है।

[हीरो ढूँढ़ता है। कोई बात करने के लिए नहीं है।]

अगर कोई नहीं है तो हमारे यहाँ सुसाइड हेल्पलाइन होती हैं। आप उनसे कांटेक्ट करें। गवर्नमेंट की होती हैं। नम्बर है।

[हीरो कॉल करता है। रिंग, रिंग, रिंग आवाज होती है लेकिन दूसरी तरफ से कोई फोन नहीं उठाता। वीडियो जारी रहता है।]

प्राइवेट ऑर्गनाइजेशंस के नम्बर होते हैं। एक है।

[एक और नम्बर रिंग होता है, उसकी आवाज सुनाई देती है, पर दूसरी तरफ से कोई नहीं उठाता]

दूसरा...
एक और नम्बर रिंग होता है, उसकी आवाज सुनाई देती है पर दूसरी तरफ से कोई फोन नहीं उठाता।

[यह सब बहुत धीरे घटित होता है, हर रिंग

हम सुनते हैं। आखिरी नम्बर भी किसी के न उठाने पर सयानी की यूट्यूबर टोन वापस आ जाती है।]

सुसाइड हेल्पलाइन, मंडे से फ्राइडे, 9 ए ऍम से 10 पी ऍम। और अगर आपको ट्वेंटीफोर आवर्स वाला अकेला नम्बर ट्राइ करना है, तो करते रहें, आप अकेले अकेले नहीं हो। लाइक शेयर सब्सक्राइब।

[हीरो हारा हुआ है, अब भी मरने की हिम्मत जुटा रहा है। बचने के अलग-अलग तरीके सोच रहा है। उसमे हस्तमैथुन भी शामिल है। पर इस बार कुछ काम नहीं कर रहा। फोन पर गाने बजाने लगता है। जॉनी कॅश के गाने नाटक की शुरुआत से उलटे क्रोनोलॉजी में बजने लगते हैं। हीरो बार बार सब बदल रहा है। वह खतम हो जाने के बाद हिन्दी फिल्मों के उदास गाने बजाता है। अचानक एक डांस नम्बर बजता है। हीरो थोड़ी देर सुन उसे रोक देता है। इयरफोन निकालता है। धनंजय का स्पीकर घर में देख कर हीरो उससे कनेक्ट करता है। और धनंजय

जो गाने सुनता है उन में से एक ढिंचैक गाना बजाता है। उठकर नाचने लगता है। जोर जोर से। अजीब अजीब स्टेप्स, घर में अकेले होने पर जो कुछ कर सकते हैं वह सब करता है। नाचते हुए धनंजय को गालियाँ देने लगता है।]

[विनय, विक्रम, धनंजय, थॉमस, सब को अपनी अपनी लोकेशन पर, अपनी तरफ आती हुई एक बारात दिखाई देती है, और वे सब नाच में शामिल हो जाते हैं। यूनिफार्म पहने हवलदार और स्विगी डिलीवरी मैन भी शामिल होते हैं।]

[हीरो गालियाँ दे-दे कर, नाच कर, थक कर नीचे गिर जाता है। अब भी नीचे पड़ा नाच ही रहा है। नाचते हुए थक कर रोने लगता है। रो कर सो जाता है। अचानक सुबह हो जाती है। स्पीकर की बैटरी खतम हो गई है। हीरो को होश आता है। उसके ध्यान में आता है, कि वह जिन्दा है। पहले वह पानी पीता है, फिर साँस भरता है, "आज साँस अच्छी आ रही है?", खिड़की से ऊपर झाँकता है,

"सूरज से बादल हट चुके हैं?" यहाँ-वहाँ देखता है तो घर की दीवारें एक'दूसरे से दूर चली जाती हैं। घर बड़ा हो जाता है। हीरो घर में घूम कर देखता है। फिर फोन पर अपनी पसन्द का गाना लगाकर इयरफोन पहनने जाता है, कुछ सोचता है, इयरफोन बेड पर फेंक देता है। गाना फोन के लाउड स्पीकर पर बज रहा है। हीरो तैयारी करने लगता है। पर मुँह धोने के लिए पानी नहीं होता (पीने का बचा पानी मुँह पर मार लेता है); कबर्ड से शर्ट निकाल कर पहनता है लेकिन कुछ बटन टूट जाते हैं तब दूसरा पहनता है; चप्पल फटी हुई पाकर गुस्से में बैठने की जगह ढूँढ़ते हुए बेड पर वापस जाने ही वाला होता है कि रुककर, कुछ सोचता है और घर की ओर बाहर कदम बढ़ा देता है।]

[परदा गिरता है।]

✪